둥지에 머무는 햇살

안선희 시집

QR코드

시 : 벚꽃
시낭송 : 이은숙
※ 스마트폰으로 QR 코드를 스캔하면
　　시낭송을 들을 수 있습니다.

도서출판 시음

순수함으로 시를 쓰는 시인

처음 안선희 시인을 보면서 느낀 점은 학창시절 네모 반듯한 교감 선생님을 보는 듯 했다. 늘 교과서적이고 현실적이면서도 타협이란 통하지 않을 것 같은 전형적인 선생님 스타일이란 느낌이었다. 하지만, 안선희 시인의 작품을 보면 순수하고, 여린 시심을 가진 시인임을 알수있다. 시인이 시를 쓴다는 것은 사물을 통찰함에 있어서 느낌과 직관의 영역에서 시작하듯이, 순수한 마음이 없다면 아름다운 시는 나올 수 없었을 것이다.

안선희 시인은 자신이 접한 모든 것들을 순수함 그 자체로 시를 쓰고 있다. 멋을 내려는 기교를 부리지 않으면서도 문장의 흐름이 매끄럽다. 시를 형상화한다는 것은 어찌보면 시각이나 청각, 그밖의 뛰어난 감각을 이용하여 일종의 주관적인 아집을 버리고 어떤 현상을 그대로 재현하는 작품과 추상능력, 감각적인 연상에 이르기까지를 보여줄 때만이 그 작품은 독자들 기억에 살아 명작으로 남는다. 이렇듯 안선희 시인의 작품을 읽으면 행복이 느껴진다.

한 편의 동화를 읽는 느낌에서 삶이 주는 무게감까지. 그러면서도 사랑이 주는 보편적인 일상까지도 안선희 시인은 그만의 표현 방법으로 한 작품 한작품을 엮어 놓았다. 때로는 오페라같은 감동을, 또는 해맑은 동심으로 돌아갈 것 같은 순수함을 보여 주기에 안선희 시인의 시집 "둥지에 머무는 햇살"은 폭 넓은 독자층에게 적극 추천하고 싶은 책이다.

사단법인 창작문학예술인협의회 이사장 김락호

시인의 말

별명이 '안경 쓴 선생님'이이었던 초등학교 시절부터
내 꿈은 두 가지였다.
선생님과 작가.
꿈을 의식하며 하루하루 산 것도 아닌데
보이지 않는 손에 이끌리어
20대에 선생이, 30대에 작가가 되었다.
청년기에 꿈을 이루다니, 나와 같은 행운아가
또 있을까.
그러나 첫 시집 〈둥지에 머무는 햇살〉을 내기까지
먼 길을 돌아왔고
여물지 못한 나의 모습이 적나라해서 부끄럽다.
독자께 감히 줄탁동시(啐啄同時)의 격려를 바란다.
나의 인생요절 요한1서 4장16절처럼 사랑을 나누는
시인으로 살겠다.

2013년 6월 안선희

*줄탁동시(啐啄同時) : 병아리가 알에서 나오기 위해서는 새끼와 어미 닭이
　　　　　　　안팎에서 서로 쪼아야 한다는 뜻
*요한1서 4장16절 : 하나님은 사랑이시라

제 1부 자화상(自畵像)

제1부
자화상

제 2부 그리움

제 3부 내 사랑은

제 4부 터(垈地)

제1부
자화상

파르레한 꽃망울이

실바람에 흐느끼며

피고 또 피어나네

고목(古木)

다리를 땅속 깊이 내렸다
청초한 이슬방울들이 대지에 스며
온종일 시달리고 지친
내 다리의 근심을 함께했으나
태양 빛에 기울고 바람결에 잠든
세상 모든 것들이
검은 휘장의 물결에 몸을 드리운
움츠린 고요 속에선
하늘만 쳐다보던 내 몸도
조용히 한숨을 토해냈다

나그네가 뽀오얀 먼지 속에 떠난 뒤
이상하게도
나의 잎들이 여행을 시작했다
헐벗고 메마른 내 가슴에
초동(初冬)의 발자국을 남긴 채
멀어져 갔다

그러나 나는 여전히
이 한 곳에 서 있다
땅속 깊이 내린 내 다리는
방랑을 알지 못하는 까닭에

이대로

이대로
아무것도 되어보지 못하고
흘려보낼지도 모른다, 人生을.

이대로
아무것도 되어보지 못한 채
흘러가 버릴지도 모른다, 내 生은.

거대한 강물 어디서 왔는지
알지 못하고
작디작은 수포(水泡)들, 소용돌이치다
주저하며 사라지지, 어디론가.

양자산 나무

나무가 손짓한다
이리 오라고
나무가 어깨 펴서 다독인다
이젠 다 괜찮다고
나무가 팔 벌려 춤을 춘다
이렇게 사는 거라고

새들 깃들어도 모습 보이지 않게
그 울음 다 품는 나무가
오늘 첨 보는 나를 불러
정답게 몸 흔들며 친구라 한다

이 또한 지나가리라

한때는 죽을 만큼 사랑했던 사람을
아무렇지도 않게 스쳐 갈 날이 오고
일 초라도 안 보이면 허전했던 친구를
십 년이나 전화도 없이 잊고 사는 날이 오고
또 한때는 결코 보지 않겠다던 사람과
웃으며 옛 이야기할 날 있으니

시간의 힘 앞에서
이것 또한 아무것도 아니리
굳은 맹세 변한 사람 탓하지 말고
영원하지 않음을 슬퍼하지 말고
그저 살다 보면
이 또한 지나가리라

오는 세월 막지 않고
가는 세월 잡지 않고
흘러가는 시간 속에 젖어 산다면
이 또한 지나가리라

시인에게

당신의 시를 읽으며
작가의 고뇌 알게 되었습니다
내 안에 호응하는 당신의 시들은
점점 무거워져 내 어깨는
땅속까지 기어들어 갔습니다
흙 속에 파묻히고 긁힌 생채기는
쉽사리 치유되지 않았습니다

내 안의 숨은 욕망
숭고한 갈증을 깨닫게 해 준
당신의 시를 흠모합니다

굳게 모은 입술
자부심으로 무장한 육성
자녀를 넷 낳는 동안도
쉬지 않았던 출간 행적들

치열하게 시를 썼던 당신은
행복하지 않았던 것일까요
행복한 자는 시를 쓰지 않는다고 하였습니다
당신의 고뇌와 슬픔에 내 가슴 저릿하니

시인은 아름다운 고뇌를
별처럼 품고 사는 사람입니다
하고 싶은 말 다 못하고
벙어리 냉가슴에서 우수수 떨어지는
얼음 조각들이 차라리 뜨겁게 나를 덥힙니다

당신의 시를 읽으며
동경을 품은 나도
시를 쓸 수 있을 것만 같았습니다

미용실에서

슬픔에 익숙해지는 나를 본다
둘째 아이 육아휴직 끝나갈 무렵
퍼머넌트 메이크업을 했다
문신처럼 아프지는 않다며
원장은 니들로 콕콕 눈썹을 그려갔다

참을성 없던 나였는데
잠자듯 고요한 나를 본다
원장은 잘 참네요, 몇 번을 말하고
나도 우직한 소처럼
눈물만 꿈벅꿈벅 내보내며 놀란다

그 사이 내게는 파도처럼 커다란 슬픔
조용히 스며들어 왔었구나
아픔인 줄 모르고
스쳐 간 인연 많기도 하였구나

원장은 왜요, 마취제 발랐는데
아파요, 왜 울어요,
연신 눈물 닦아 준다
참으면 아픔도 희미해진다
슬픔만큼 쉽게 적응되는 게 또 있으랴

석양을 배웅하는 저녁 하늘은
오늘도 어김없이 눈시울 붉히고 있다

자화상(自畵像)

어머니는 저절로
노오란 국화로
피는 줄 알았더니

잎사귀 사이사이
다소곳이 피어난
눈물 빛깔 물망초라

파르레한 꽃망울이
실바람에 흐느끼며
피고 또 피어나네

미소의 은사

직장에서 실수하고
이리저리 뛰다가
퇴근길 전철
검은 창 비춰본다

얼굴 가득 깊은 선
풀죽은 고개 숙여진다
어깨 내려간다

사람들 내게 이런 말 해주었지
미소의 은사 있다고
웃고만 있어도 힘 되고
마음 편해진다고

정신 번쩍 난다
사는 동안 웃으며 살자
해바라기처럼
빛 바라며 살자

입꼬리 올려본다
눈 치켜 떠본다
우울한 얼굴 선
쓱쓱 다림질한다

해우소(解憂所)

용문사 앞에서 군밤 까먹다가
요의(尿意)를 느껴 두리번거렸지만
처음 온 곳 어디가 어딘지
천백 년 된 은행나무 모퉁이에
나를 기다리는 해우소

첫 번째 문 밀치고
황급히 일을 보고서야
쥐며느리 작은 깍지벌레들
꼼지락 꼼지락
움직이는 모습에 기겁한다

근심이 풀리는 곳?
오호라,
해우소(解憂所)
찾아 헤매는 동안
요의(尿意)보다 중대한
무슨 고뇌 있었으랴

근심을 덜어내려
머릿속 하얗도록 달려온
해우소(解憂所)

반신욕(半身浴)

배꼽 아래 목욕이
만병통치약이라기에
새벽 일찍 눈뜬 날
따순 물 받아 놓고
하반신만 담근다

상냉하온(上冷下溫)이니
손도 넣지 말래
귀동냥대로
이삼십 분 앉았으니
땀방울 송글송글
허리 아래
살, 살, 살의 집성촌은
해체되고 있는 것이냐

모래성, 실미도, 태극기도
비디오로 빌려본
지각생 문화 무지렁이
신목욕문화 붐에는
귀가 솔깃하다
건강 오소서

월요병(月曜病)

하늘 눈부신 날
여기 말고
중요한 어디
인생 짧으니
꾸물거리단 못 가고 말,
지구 반대편에 서 있고 싶은 날

책상에 엎드린다
뭔가를 시작해야 한다고
더 늦기 전에

따르릉 알람 울린다
고개 들고 일어선다
월요일은 유난히 길다

소소한 인연
사소한 의무
쳇바퀴 도는
내가 있는 이곳이
세상의 중심이다

못생긴 손

화장품 광고 여인들
조막만한 얼굴
그 얼굴 다 덮는
길다란 손 가졌다

어여쁜 손이
곱다란 얼굴 토닥토닥
삶은 바쁘지 않다며
베짱이 연주 들려준다

내 손은
푸른 핏줄 쿰틀어진
빼빼 마른 난쟁이 손
순한 인생 조롱하는
반항아처럼 생긴 손

하나님 공평하셔서
깊은 밤
고운 손들 잠들 적에
못생긴 내 손
시를 쓰게 하셨네

쇼트커트

어깨 넘어 등까지 자라난 머리
여자는 귀고리 하면 열 배 예뻐지고
머리 길면 오십 배 예뻐진다는데
자를까 말까

망설임은 이미 늦었지
불과 몇 분 전까지
내 신체 일부였다가
바닥에 스러지는 검은 무생물
원장은 눈치 살피며
너무 잘랐나 싶은 표정

예쁘고 말고를 떠나
쇼트커트는 딱 내 스타일이야
귀와 나란한 옆머리가
턱과 나란한 뒷머리가
스트레스를 단방에
날려 보냈다!

브라보 마이 라이프

서른여덟 살 생일
두 달 후면 서울로 복직하는 날 위해
운정리 성당 교사들 환송회를 열었다
그들의 노래, 그들의 말에서
세월의 흔적이 묻어났다

쉰 살 된 여자의 깊은 목소리
나는 여인의 성숙이 무섭다
그들 틈바구니
자연스레 놓여 있는
나의 발견에 소스라친다

청년이여 브라보!
중년이여 브라보!
축배의 잔 높이 쳐든
너와 나의 순응에도
브라보!

아카시아

소녀가 욕실 딸리지 않은
여인숙 작은방에 보금자리 튼 날
복도의 공중 화장실 추레한 남자들

세상이 무서운 소녀
요강 하나 들여 놓았다
심야의 물소리
나지막이 들려오는 사연들

유부남 상사와 여직원
회식자리 눈 맞은 남자와 친구 부인
정사하는 내내 방문 두드리는
중년 여인과 말수 적은 사내
옆방 남녀 밤새도록 속궁합 맞추었다

복도의 발자국 끊이지 않는 날은
종일 요강 비우지 못해
작은 방에서는 뭉텅뭉텅
아카시아 꽃향기 만개하였다

소녀는 아카시아 꽃잎
몇 개 뺨에 매단 채
까딱까딱 졸기도 하였다

석모도

석모도에서 돌아온 날부터
종일토록 내 방에는
갈매기 침상에 똬리 틀고
바다 방바닥에서 잠잠하였다
나는 누웠다가도 벌떡 일어나
갈매기에게 새우깡 물려주고
바다를 곱게 빗질하였다

석모도에서 돌아온 날부터
많은 것을 잊어버렸다
갈매기 등에 업고
바다를 두른 채
항구로 돌아간 나는
잃어버린 기억 찾아
외포리 선착장을 헤매었다

파도 다시 출렁이고
새들 날기 시작하였으나
나는 떠나온 이유를
도무지 기억하지 못하였다

소주 반병

소주 반병이면
소낙비로 차가워진 저녁 공기까지
온몸 훈훈하게 덥혀주고

소주 반병이면
혈색 없는 노란 뺨
홍안(紅顔)으로 물들이고

소주 반병이면
하늘 찌르던 자존심 풀어
종달새처럼 깨방정을 떤다

이태백이 부러울쏘냐

소주 반병에
이렇게
내가, 세상이

코란도

연식, 2000년식 뉴코란도
분류, 2인용 화물차
백색의 이 지프 처음 타던 날
운전자들 나만 보는 줄 알았다

그들의 머리 높은 데 머물게 된 날부터
소형차의 은밀한 유희 일순 빼앗겼다
볼륨 높이고 어깨 흔들며
청중 없이 노래하던 나 홀로 공연들

무슨 까닭인지 핑크빛 옷과
살랑 바람에 나풀거리는
시폰 스커트도 즐겨 입었다

코란도를 타면서부터
남자가 동료로 보이기 시작하였다
핑크빛 블라우스에 시폰 치마 입은 나는
야한 하이힐 신고도
지프 타는 남자를 닮아가고 있었다

불씨

솜처럼 적셔져서
착함으로 살아가는

숯불처럼 소박하게
오래도록 타오르는

그런 사람 되고 싶다

커다랗고 각박한 세상
함께 말라가지 않고

누군가 언 손 녹일
불씨 될 수 있다면

내가 놓인 작은 세상
천국의 모형 아니랴

피아노

싫증 나 그만둔 피아노
서른쯤에 낯설은 손으로 두드린다

도도한 표정으로 건반 누르는 사이
사랑방 손님과 어머니처럼
인연 아닌 사람 스쳐 갈지도 몰라

온몸 흔들며 연주에 녹아든 사이
상처를 치유 받은 에이다처럼
운명적 사람 만날지도 몰라

우수에 젖어 음률에 빠져든 사이
고독은 물러가고
달콤한 인생 펼쳐질지도 몰라

*에이다 : 제인 캠피온 감독의 〈피아노〉 영화의 주인공

흑비둘기

비둘기떼 포로롱 내려앉아
부리로 방아찧기하는 장면은
얼마나 평화로운가

그 흑비둘기 자정의 호수공원에 있었다
화석처럼 굳은 몸 고개만 재재 흔들 뿐
데려다 치료해줄까 다가서다가
비둘기 심장 벌렁벌렁 만져지는 것 같아
외면하는 뒤통수에 꾹꾹 신음 들려왔다

돌아와 잠자리에 들고도
어둠의 구석에 처박혀
뜨겁게 앓던 흑비둘기 잊혀지지 않는다

비둘기떼 포로롱 내려앉아
부리로 방아찧기하는
어디에도 흑비둘기 없다면

작은 너의 신음 두려워한
내 용기없음
부끄러워지리라

가지

말 하나에
구설 열 개

말 하나에
해석 스무 개

말 하나에
오해 서른 개

말 하나에
가지 쉰 개

뱉어낸 말
가지에
둥글고 환한 열매
어디 가고

조랑박만
흔들흔들

열아홉 번째 생일

하나 둘 쫓기듯 귀가하자 텅 빈 거리
동화 속 백마 탄 왕자가 찾아 주려나
턱 괴고 물끄러미 창 밖을 응시한다

저 거리는
작은 새처럼 재잘대는 동심과
떡볶이와 솜사탕을 사 먹는 것만으로도
부유해 뵈는 여대생들이
웃음의 향연을 벌여 언제나 명랑하다

저 거리의 주인공들은
동화에 나오는 공주처럼 아름답다
낡은 스웨터에 운동화 신고
아르바이트 시간에 쫓기는 종종걸음
미팅조차 사치스러운 나는 신데렐라

동화책에 등장하지 않는 재투성이 아가씨
희미한 스탠드 불빛 아래서
거리의 동화책을 읽는다

아무도 모르게 지나간
내 열아홉 번째 생일에

또르륵

착함을 지키려면
독함이 필요하다

오늘부터 당장
내 안의 유순함이
세상과 씨름하리
뱀처럼 지혜롭게

어금니 물려는데

눈물 먼저
또르륵

초심(初心)

바람의 손길이
어느 기슭에서 나와
목어(木魚)를 스쳐 갔다
고요히 가라앉은 눈망울
허공에 사무친다

— 그대에게 남기고 싶은 말이 있다

오늘의 문 열어준
말간 이슬방울들
햇살에 올올이 풀리며
나른하게 떠돈다

벼들은 제 몸 낮추어
풍년제를 지내고
잎들은 서둘러 들판에 누웠다

— 그대에게 남기고 싶은 말이 있다

바람에 실려온 잎새 하나
내일의 문턱에서 머뭇거린다
저녁이 어두워졌다
목어(木魚)는 아직 거기 있을까

유년(幼年)의 저녁

노을이 얼굴 붉힌 여름날
허공에서 뚝 떨어진
배추흰나비 애벌레에게
우정(友情)이라 이름 짓고
다정한 친구와 키워 보았지
집게손가락으로 누르면 물컹 패이는
연초록 살갗 신기해하다가
초저녁 별이 뜨면
친구와 나는 헤어지기 서러워
눈물 글썽였네

그리운 날들은
유성(流星)의 속도로 흘러
친구 떠난 길 위에
바람 불고
소낙비 퍼붓고

비 그치자 아이들이
달팽이를 잡으러
쏘다니는 저녁

아이들 뒷켠에서 시간은
쏜살같이 달아나고 있네

내 잔이 넘치나이다

주여, 내 잔이 넘치나이다
한 사람을 달라고
끊임없이 기도했던 날들
주님이 대답 없이
조용히 응시하셨음을 알겠습니다
저의 지식은 온 우주의 깃털 하나
그 자락에 매달려
이것이 사랑이다 인생이다
아는 체한 무지
실상 아무것도 몰라
두려움뿐인 저
끝닿을 줄 모를 깊은
무지를 용서받고 싶습니다
깃털 하나로 온 우주를 날고 있는
저의 작음을!
주여, 민들레 풀씨 하나, 새 한 마리의
아침 식사를 챙겨 주시는
그 사랑에 의지해서
저의 작음을 고백합니다
이 순간 저는
풀씨보다 산새보다 낮지 않으니

주여,
저의 작고 작음을 용서하소서
저의 생각에 온 우주를
가두려 했던 교만을
무지 속에 보챘던 저의 기도를
주 앞에 엎드려 회개합니다
이제 제 손을 봅니다
주여, 내 잔이 넘치나이다

누군가는

내가 성직자와 관료에게
상처 입고
속절없이 돌아선
이 골목에서
누군가는 나를 보며
스승에 대한 염증 느끼고
세상을 한탄한 자
있었으리라

내가 교만한 마음으로
존경심 잃고
엄중한 잣대 들이민
날카로운 시각에
누군가는 내게
비싼 케이크 사다 주며
이 빵 먹고 떨어지라
쓰게 웃은 자 있었으리라

제2부
그리움

생각하면 읽매일까
무심하면 잊혀질까
너와 맺어진 건
그리운 마음 뿐

석별

모든 게 멀어졌다
그토록 바래온 침묵
눈에서 멀어지면
마음에서도 멀어진다
이제 내 눈앞에는
아무도 없다
멀고 먼 침묵
타인이 된 너에게
노란 손수건 흔들어 주리라
따끔따끔 부어오르기 시작한
편도선에 체크무늬 스카프 두르고
이제 여행을 떠나리라
아득히 먼 곳으로

벚꽃

교정을 뒤덮은
눈부신 자태
발길 멈추고
한참을 쳐다보았네
우리가 함께 걸었던
윤중로에도
벚꽃이 만개하였다
당신은 이제 없고
외로이 서 있는
파아란 하늘가
불꽃 터뜨린
꽃망울 화려해서
눈물이 핑 돈다

그리움 1

그리움에 가슴 저릿하다
오래된 그리움은 명백한 사랑이다
그래도 연락하지 않는다

인연일지 모른다는 희망으로
셀 수 없는 햇살,
잃을 것 같은 안절부절로
셀 수 없는 어둠

그대 안부 궁금한 날이면
눈을 들어 파아란 하늘을 본다
햇살에 피어나는 미소띤 그대 얼굴

그리움 2

그리움이
엎드리게 한다

그리움이
숨 막히게 한다

그리움이
눈물 고이게 한다

그리움이
말 잃게 한다

가을엔

가을엔 이별의 막차를 타리
어릴 적부터 내게 익숙하던 길
항상 내 뒤를 따르던 길
문득 끊어지고
어느새 먼 발치에서 그 길 돌아보네

구름 개인 들판을 걸어가네
두 팔 벌려 환한 달빛 가득히 안네
나와 함께 이 길을 걸었던 그대여
인생에서 외롭지 않은 것이 무언지
대답해준 사람아

추억의 상자를 열면
내 일생에 다시 없을 사랑
지극히 아름다웠던 사랑
보석처럼 알알이 빛나리라

나는 끝이 있는 사람이고 싶었으니
이제 옷깃을 여밀 시간이 되었네
가을엔 이별의 막차를 타리

피천득의 향기(香氣)

그에게는 향(香)이 있다
백합처럼 화려하지 않고
국화처럼 강인하지 않은
그의 내음은
시냇가에 돌돌 피어난
제비꽃쯤 될까

아사꼬(朝子)를
아는 사람은
오랜 세월
그의 향기(香氣)를
잊지 못한다

사랑을 찾아 떠나다

강아지처럼 순박한 몸짓의 고양이가
머리라도 쓰다듬어 달라는 듯
저만치 서 있다

거친 흑발의 파마머리 하고
줌마렐라를 열연하였던 아내는
영광의 정점에서 세상과 잡은 손을 놓았다
나는 태어나서 두 번 울었다
좋아하는 야구 감독이 죽었을 때 그리고
그 사람이 잘,못 되,었,을 때

아직 대낮이라고 생각했는데
별 하나 황급히 우주의 궤도를 이탈하였다
시월이 되자 추워지기 시작하여
나는 겨울이 두려웠다

또다시 눈발이 날렸다
고양이는 눈을 피하여
건물 안으로 숨어 들어갔다
눈발도 저렇듯 평온히 드러눕는
이 한국땅 어디에도 내가 설 곳은 없다

갑자기 터져 나온 고양이 울음 서러워서
심,장,이 아,프,다

*줌마렐라: 아줌마 신데렐라

48

계단

생각하면 얽매일까
무심하면 잊혀질까
너와 맺어진 건
그리운 마음뿐

시간이 주는 선물
아침 이슬처럼
똑똑 듣는데
너와 함께했던
그날, 그 시간
심연으로 향하는
계단 내려가면
여전히 그곳에 있어

오늘도 너의 모습
떠올리며
나 홀로 내려간다

*듣다: 눈물, 빗물 따위의 액체가 방울져 떨어지다.

방생(放生)

질렀던 빗장
풀었으니
날아가라

하마터면
꽃송이처럼
가둘 뻔했네

세상 어딘가
공존할
믿음 하나로

언약도 없는 그대
이제 그만
날려 보내리

보일러를 켜다가

사람은 먹기 위해 산다는 당신과
살기 위해 먹는다는 나는
오랜 시간 언쟁을 벌였습니다
당신은 나를 뜬구름 잡는 사람이라며 혀를 찼고
나는 당신의 불어난 술배를 보며 한숨지었습니다

추위가 빠르게 찾아온 시월의 어느 날
보일러를 켜다가
얼음땡하는 아이처럼 멈춰 섰습니다
내 몸을 전류처럼 타고 간 충일감
나로 인해 우리 아이들 포근히 잘 수 있다는 기쁨은
새벽마다 부지깽이 들고 보일러실 내려가던
당신 뒷모습과 오버랩 되었습니다

당신도 이 밤의 나와 같았겠지요
벽에 기대어 미소 짓는데
행복인지 슬픔인지 모를
사랑인 듯도 하고 이별인 듯도 한
눈물 줄기가 흘러내렸습니다

이 어둠을 등불로 밝히는 당신은
나와 아이들 손을 잡고 영원히 우리 곁에 있습니다

벌초(伐草)

초록
초록
진초록

가신 님 무덤에
벗으로 태어난

중복(中伏)의 태양이
울부짖는
정오

초록
초록
애절한 진초록

식모

서울시 서대문구 남가좌동에 사대(四代)가 사는 우리 집 있었네. 마당에는 펌프가 있어서 여름날 식모가 빨래하면 나신(裸身)의 자매들 첨벙첨벙 물놀이도 하였네. 그런 날이면 이웃집 사내 녀석들 담벼락에 매달려 키득키득 훔쳐보았네.

새벽에 오줌 싼 어느 날 식모는 내 머리에 키를 씌우고 소금 얻어오라며 심부름 보내었네. 무서운 옆집 할머니 그날 따라 생글생글 날 반겨 주나 싶더니 난데없이 부지깽이 숨겨와 매질하였네. 혼비백산 줄행랑친 나는 억울함 하소연할 데 없어 우리 집 대문 앞에 쭈그려 앉아 하염없이 울었네.

식모는 밥도 잘하고 힘도 세었네. 다리 다친 나를 포대기에 업고 일주일 넘게 학교에 데려가고, 하교 때는 반장이었던 나를 업고 맨 앞줄에서 우쭐하며 걸었네.

부모가 한 번 찾아오지도 않은 생경한 타향에서 더부살이로 잠자리와 음식을 얻고 그 은혜 피곤한 노역으로 갚았던 식모는, 십 대의 어린 소녀였네. 그녀를 나는 가정환경 조사서에 우리 식구 숫자에 넣은 적이 없지만, 뜨락의 꽃이 피고지고 나무들 나이테 늘어가는 여러 해 동안 식모는 우리와 더불어 쑥쑥 자라났네.

그때 그 자리

싸늘히 식어간 넋 자리

내 마음속에
그대 영원히 담겨 있음에
이제 옆에 없을지라도

함께 한 날 수의 세 배만큼
그날 파고든 붉은 셔츠

그대 나를 생각하는 크기만큼
여백으로 남게 되겠지

싸이월드 연애담

무심코 들어간 미니홈피에
사랑하는 사람이
울먹이고 있습니다

한치 건너 알게 된 사람
좋아했던 사람의 걸음이 멎고
새 여자의 노크로 도배된
방명록 읽으며
눈물이 고였습니다

서로가 아는 사람인데
모두가 아파하는 마음에
숨이 턱 막혔습니다

사랑 같은 거, 다시는
믿지 못할 것 같습니다

체념

그대 곁에 있는 사람
이제 질투하지 않습니다
긴 머리 참한 여자 곁에
웃고 있는 그대 행복해 보입니다

그 여름 폭풍처럼 찾아온 사랑
속수무책으로 이끌린 사랑

여름 끝자락에 내린 비
서늘한 가을 불러내자
엉뚱한 곳에서
열매 맺었던가요

비로소 나도
한 자락 미련을 접습니다

용미리(龍尾里)

한반도 반으로 접으면
그 갈피에
용미리(龍尾里)라는
마을이 있네

욕창으로 멍든 등에
외로움 지고 누웠던 아버지
저 납골당
훨훨 나는 별 되셨네

별가루 흩날려
어린 딸 눈병 나고
인적 끊긴 빈 산 어디메
살없는 이의 서늘한 곡소리
불어왔지만

사진 속 아버지
여전히 웃고 계시니
푸르른 산자락이
아버지 슬하(膝下) 같았네

아버지 계신 곳은 어디나 찬란하여라

아버지

할아버지는 다른 여자에게 가서 숙부를 낳았다
청년 시절 나가서 일흔 살에 회귀한 할아버지는
두어 달 눕더니 암으로 떠나고
중년의 아버지 소리 없이 며칠을 울었다

아버지 인생은 가족에게
영구(永久)한 울타리 되기 위한 몸부림
붉게 충혈된 눈자위처럼 내면으로 삭이고
바다처럼 평온했다

어버이날이면 해 질 녘까지
양복 가슴에서 떨어지지 않았던
삐뚤삐뚤한 종이꽃들
나들이 때면 딸들 일렬로 세우고
장군처럼 호령하던 아버지

종갓집 장손이니 대를 이으라며
어르신들 타박해도
아낌없이 사랑만 주었던 아버지!

흩어졌던 식구들 돌아와
화채를 해먹던 저녁에도
어머니는 밥상을 세 개나 차리고
열세 식구 뒷바라지를 하였다
밤마다 어머니 바가지 들어준 조용한 귀
아버지는 어머니 시집살이에
그렇게 동행했으리

가을도 깊어 겨울이 성큼 다가오면
방방이 구들장에 연탄불 타오르고
메주 냄새 묵직하게 피어나면
가족들 등 덥혀준 일이 행복하였으리

바람의 아들로 태어나
남몰래 흘렸던 물방울들
아버지는 우리에게 영구(永久)한 울타리가 되셨다

추억

바람 같은 추억 한 조각 입에 문다
살짝 앞니로 물었는데
시큼함 눈에 아리다

아름다움은 안갯속처럼 뿌옇다가
기어이 바라보면
예전 같지가 않다

한 조각 더 먹어본다
송곳니로 잘라내어
아작아작 씹어본다

눈물은 광대뼈로 뛰어내리고
뱉어내면 상쾌할 듯도 한데
고집스럽게 또 먹는다

아, 짧았던 청춘이여!

소

부모님이 셋방을 면하고 집을 장만했을 무렵
농부였던 증조할아버지 식솔을 이끌고 상경하였다
증조할아버지 시골에서는 자주 웃기도 하였는데
서울로 이사하고 표정없어져서
나는 까닭도 없이 증조할아버지가 무서웠다
새벽부터 저녁까지 입 굳게 닫고 책만 읽고 계셔서
어린 시절 나는 한 번도 마루에서 뛰어보지 못하였다
증조할아버지 아흔 넘어서는 망령이 드셨다
소통의 끈 되어준 노인정에 발길 끊고
세상사에 눈 질끈 감은 채 방안에서만 사셨다
식구들 모두 불 끄면 그림자처럼 빠져나와
부엌문 드르륵 열며 무언가를 찾으셨다
소 어딨어, 소 엇다 뒀어!
여러 날 뒤 증조할아버지 침상에서 영면하셨다
네 살부터 나와 함께 살았던 증조할아버지는
어쩌면 서울로 상경한 바로 그날부터
고향 집에 가고 싶었는지 모른다
밤마다 찾아 헤매었으나 끝내 찾지 못하였던
그리운 소는
할아버지의 향수병이었는지도 모른다

솔로대첩

파란불 한 번에 오십 명, 다음 파란불에 백 명
여자보다 많은 남자, 남자보다 많은 비둘기
비둘기보다 많은 경찰이
횡단보도 건너왔습니다

- 여의도공원에서 반드시 제 반쪽 찾겠습니다

공대 MT보다 군입대 훈련소보다
넘실대는 고추밭 거기
내 사랑 안개꽃은 보이지 않습니다

초록옷 입은 커플들
가두리 양식장 구경하다
깔깔 흩어집니다

김국진의 현장 박치기
박휘순이 이야기합니다
솔로부대가 아니라 술로부대라고

－ 여의도광장에는 죽어도 가지 않겠습니다

연어처럼 외로운 자취방으로 회귀하여
새로운 플래시 모브 검색하다가
얼굴도 모르는 내 반쪽이 그리워졌습니다

*솔로대첩: 2012년 12월 24일 오후 3시 한 네티즌이 페이스북으로 대규모 미
  팅을 제안하면서 시작된 플래시 모브
*플래시 모브 : 불특정 다수 네티즌이 휴대전화나 인터넷으로 연락하여 약속
  장소에 모인 뒤 짧은 행사나 놀이를 하고 흩어진다는 뜻의 신조어

비 내리는 날

먼 기억 속을
두드리는 빗방울 소리는
그리움으로 흘러내리네

가슴 적시는
빗줄기의 춤사위는
먼 날을 담고 와
애틋한 추억 불러들이네

비 내리는 날이면
더욱 보고 싶은 사람이 있네
창가에 마주 앉아
다정한 사연 나누고픈
그리운 사람이 있네

그 사람

가슴이 답답해지는 게
잠깐 과거에 사로잡혔나 봅니다
나의 현주소는 여긴데
나도 모르게
내게 속하지 않은 사람 그렸나 봅니다
그의 키, 그의 코, 그의 입술, 그의 전화번호를
기억한다고
우리가 인연이라고 말할 수는 없어요
잊혀지지 않아도
인연 아닌 사람 있으니까요
그의 생일, 그의 주소, 그의 머리카락을
알아도
그의 눈은 기억나지 않아요
그 사람 갑자기 아득해졌어요
이렇게 그 사람 멀어지다
한 개의 점으로
총총히 지평선을 날아갈 날 있을 거예요

삼십 대엔 그랬었지

나는 삼십 대까지 미우라 아야꼬와
내가 닮았다고 생각했지
아줌마처럼 뻔뻔하지만
청순한 세계를 간직하려는
그녀와 나는
연령보다 조금 어린 사람 같았지

사랑도 단순 명징하여
상대는 키다리 아저씨여야 했고
나는 그에게 플라토닉한 어리광을 부렸지
플라토닉한 어리광이 무엇이람
이를테면 사랑 온도가 낮았지

부자나 미인 앞에서
기죽은 적은 없지만
가슴에 닿는 글줄 앞에서는
소름이 오들도들 돋아나며
수첩과 만년필을 꺼내 들었던 나는
정신적 추구가 강한 사람이었지

삼십 대엔 문학의 열정을
활화산처럼 불살랐지
십 대에는 꿈만 꾸고
이십 대에는 고뇌만 하다가
삼십 대가 되어서야
나와 같은 늦깎이 문학도들을 만나
활개치며 서로의 글에 탐닉했지

하지만 삼십 대에도
어린 건 변함 없었지
젊은 날이 그립지가 않을 만큼
내게 있어 인생은
풀리지 않는 수수께끼였지
큐브처럼 명징한
인생의 해법대로 살기 시작한
많은 이들을 질투하며
여전히 나는
풀리지 않는 숙제 끌어안고
불면의 밤을 하얗게 새웠지

삼십 대엔 그랬었지

길 위에서

눈을 뜨니 추적추적
비가 내리고 있었습니다
여린 숨소리 등 뒤에서 들립니다
머리가 조금 아팠습니다
회식에서 참이슬 두 잔 먹고
모두 돌아간 주택가 골목길
코란도 뒤칸에 애들을 태우고
잠시 쉬던 중에
어느덧 모두가 새근새근
차창의 물방울
맺혔다가 흐르는데
빗소리는 여행자의 발소리 같습니다
길 위에서 새벽 빛깔이 아늑합니다

이별가

이렇게 이별가를 부르고
사랑가를 읊노라면
언젠가는 잊혀질 날도 있으리라
밤낮으로 떠오르는 너의 환영
지워지지 않는다
이미 끝났는데
그렇게 쉽게 끝날 수는 없을 것 같다
우유부단하다고 말했던 너는
가위로 싹둑 나를 잘랐는데
냉정하다고 장담했던 나는
아직도 주춤거린다
여전히 내게는 이별보다
사랑이 가깝다
너는 먼데 그저
추억만을 붙잡고

빈 둥지 증후군

처음엔 당신이
뚝 끊고 간 정 때문에
후련하게 돌아섰습니다
한 번쯤 사랑에도 빠졌습니다
쇼핑 중독증도 생겼습니다

강아지 한 마리를 키우고
다시 강아지 한 마리
더 키웠습니다
카드는 한도 초과라고
승인을 거절했습니다

오는 듯 가는 듯
조용히 내 곁에 머물렀던
당신의 빈자리를
그 무엇도 채워주지 않았습니다

전에도 나는 방황했고
이리저리 떠돌다
당신 품으로 돌아가곤 했으나
돌아간 나를 안아줄 품은
어디고 없었습니다

맺고 끊지도 못하는
우유부단한 나는
소낙비처럼 쏟아지는
두려움과 회한을
고스란히 안고
당신 빈자리에서 헤매입니다

이별 후(後)

헤어짐을 받아들이지 못해
하루 종일
마음으로 몸으로
네 곁을 떠돈다
이별은 방랑을 낳고
차디찬 너의 말들도
내 마음에 냉랭함 부르지 못해
어쩌다 조각 피자 하나만 한
너의 무성의 떠오르면
맘 속 삿대질하며
잊자고 다짐한다
그리고 두 걸음 후에
되살아난다
이별 후 단 한 번도
이별다운 날들 없이
내 맘 속에 숨 쉬고 있는 너

제3부
내 사랑은

내 안에 오신 그대여
숲처럼 당신 품는
내 사랑을 아시나요

동인(同人)

시를 쓴다
일기 같이 생긴 시를 쓴다
이것이 잘된 시인지
스스로 묻고
살얼음 딛으며
동호회 게시판에 쓴다

칭찬 한 줄에
자신감 상승하고
누군가 쏘아 올린
독설 맞고 비실댄다

시인은
다른 시인에 의해
포박(捕縛) 당한다

눈(目)

여러 사람 속에서
우연히
눈 마주쳤을 뿐인데
허공에서
찰나(刹那)보다
일 초 더
두 쌍의 눈
조우(遭遇)했을 뿐인데

낯선 얼굴
그러나
열기(熱氣) 품은 눈빛
고개 한번 갸웃하고
흘려보내면
그만인 것을

그 눈
피하지 않고
가슴에 담았네
인연(因緣)의
시작이었네

내 사랑은

내 사랑은
풀꽃의 허리 껴안고
사각사각 긁어대는
미풍이 아니다

차라리
뜨겁게 숲을 달구어
여름 부르는
매미 울음 같은 것

메르공원 비둘기

그녀는 새침데기다
동그란 엉덩이 흔들며
워킹을 연습하는
그녀의 입술은
토라지듯 닫혀 있다

그녀는 선물에 약하다
먹을 것 사주는 남자라면
그가 노인이거나
아직 풋내나는 학생이라도
주저 않고 따라나선다
그녀는 자주 愛人을 바꾼다

새초롬하고 정조도 없는
그녀를 이해할 수는 없지만
웬일인지 미워지지가 않는다
까맣게 탈색되어가는 오후
실크 스카프 목에 두른 채
우아하게 날고 있는 그녀는
잿빛 창공이 사랑한
마지막 女人인지도 모른다

포옹이 포옹을

포옹이 포옹을 알지 못한다
온기가 온기를 밀어내었다

포옹이 온기를 거부함은
포옹 탓이냐 체온 탓이다
따스하기가 봄날 같을 뿐 아니라
냉랭하기가 얼음장 같은
체온 탓이다

춥다고 은근슬쩍 다가와서
무작정 안아서야 되겠느냐
미워서 밀었겠느냐
차가워서 밀어냈지

밀었거나 퉁겼거나
거부한 것은 포옹이네
차가운 것도 포옹이네

포옹이 포옹을 알지 못하네

나 모르게

나 모르게 살포시
너 안에 빠져들었지

수없이 도리질하다
끄덕이고 말았지

내 안에 해맑던 아이
슬픔 알게 되었지

한 사람

한 사람을 사랑하면
다른 사람의 얼굴도 보인다

언젠가 어디선가
익숙했던 장면
그에게 오버랩 된다
슬프지 않게

외국 영화 해석하는
한글 자막처럼
낯선 거리 배회하는
추억 조각들

다시

넝쿨 장미가 울타리를
단단하게 감아 올라간다

우리의 일 년도 저렇듯
단단한 줄 알았건만
휴지처럼 내동댕이쳐진 추억
아직 상처에는 딱쟁이도 앉기 전이다

뜨거운 욕설로도 씻어내지 못한
미움 되새김질하다
우연처럼 마주하던 날

창밖의 장미는
예수의 가시관처럼 너그러웠을까
하늘을 찌르던 분노도
속죄의 선혈 위에 엎드러졌다

사랑은 서로의 상처를 보듬으며
시간의 흐름 속에 여물어 가는 것

백일의 울음 끝에 피워 올린
붉은 장미처럼

여행

길 위에서 길을 잃을 뻔한 우리는
여행의 징크스라도 앓듯 언쟁을 벌였다.
불신은 또 다른 염려를 낳고
길 떠날 채비 하다 포화를 맞은 듯 기진해졌다.
진정 원했던 것은
두 개가 될 수 없는 한 개의 마음, 현실은
갈증을 남기는 우정, 중독된 사랑의 그림자다.
험산 준령 시원한 바람 한 자락에 평화가 깃든다.
인생이란 그런 거지, 다시 하하하, 소주잔을 기울이다
해운대 모래사장에 오래 누웠다.
우리는 완벽한 무엇을 추구하지만, 현실은
불완전하다, 망각의 연속이다.
저 산을 넘으면 막국수와 편육이 기막힌 평창의 맛집이 있다.
시장한 표정 덮는 자족의 미소 보며 잘 왔다고 생각한다.
구름이 나지막이 떠 있다. 비가 오락가락한다.
계절마다 떠난 길 위에서 길을 잃곤 했다.
투박한 언어 구사하는 우리는
한 번도 감미롭게 대할 줄을 몰랐다.
잦은 언쟁에도 서로를 단단히 붙잡았을 뿐.
화해라는 말 꺼내지 않아도 어느덧
허브 사탕 입에 물고 봉평 허브나라 나란히 걷고 있다.
사랑도 사람의 일이라 순전하지 않은 걸까.
우리 사랑은 모난 동굴 그 안에 깃들어 자주 상처 입는다.
귀경길 문득 바라본 초췌해진 그가
상처 입은 어린 새 같다.

오해

셰익스피어는 이만 사천 단어로
인간사를 적었지만
set의 의미만 사백육십 가지

말로 뱉은 단어
목소리의 온도
네 눈빛 떨림까지
조합해서 따져 봐도

왜 그랬는지
아무리 생각해도 모르겠다
오늘 너는 내게 무슨 짓을 한 거니

곰국

곰국을 끓인다
긴 시간 공들여
국물을 우려낸다

불타는 사랑의 계절에는
허물마저 귀엽던 너
생활로 돌아가면
예전 같지 않더라

생활과 공존하는 사랑은
진국을 얻으려고
밤새워 기다리는
인고(忍苦)가 필요했음을

족발

까르푸 식품 매장에 쇼핑 갔다가
냉동실에 진열된 족발 본 순간
랩을 벗기자마자 단숨에 먹어치우던 사람
생각이 났다
족발은 냄새도 맡기 싫다며 찡그렸던 나는
얼결에 744그램 한 팩을 카트에 담았다
새우 양념장 찍은 족발을
참이슬 한 잔 곁들여 씹으니
쫀득쫀득 족발은
고소하기도 하고 달콤하기도 하였다
아마도 그 사람 맛과 같은
족발 744그램

고슴도치 사랑

벌써 마음에 들어와
쫓아낼 수가 없습니다
미리 알았더라면
당신 오지 못하게
빗장 걸어 잠갔을 것을

나도 몰래 살며시
내 안에 들어와
종일 생각나는 사람아

거친 털로
내 부드러운 살 콕콕 찌르는
야속한 사람아

당신 안고 싶지만
상처 날까 두려워요
그러나 당신 혼자 두면
외로움에 병들겠지요

내 안에 오신 그대여
숲처럼 당신 품는
내 사랑을 아시나요

사랑병

치열하지 못한 나
너에게 집착한다

사랑마저 무기력해
저 혼자 사그라들 줄
예전부터 알았으면서
태초부터 주어진
고질병을 앓는다

똑같은 언어만
시계추처럼 반복한다

사막 같은 세상에서

사막 같은 세상에서
사랑을 하는 일은
한겨울 북풍을
서로의 체온으로 덥혀
장미꽃 피우는 일

세상에 속지 말자고
한 쌍의 눈이 수백 개 등불 켜고
어둠 밝힌 불면의 밤도 허상이라고
다짐하고 다짐해도

사랑은 어느결에 찾아와
마음가에 서성였네

이별을 꿈꾸며

잊으려 해도 잊을 수 없었다
놓으려 해도 놓아지지 않았다

마음 깊이 자리잡고
요동하지 않는 널
어쩌면 좋을까

잊을 수도 놓아지지도
않는 너를
어찌할까 어찌하면 좋단 말인가

두 갈래 길

내 마음 너 담고선
너를 가질까 너를 보낼까
너를 예뻐할까 널 외면할까
언제나 내 마음은 두 갈래 길

함께 있어도 항상 목말라
더욱 소유하고 싶다가도
홀연히 놓고 싶어지는 너

돌이킬 수 없는 마음으로
널 소유한다면
미안해질 것만 같아
마음의 강 흐르는
두 갈래 물길

여울목 굽이 돌던 물살
하얗게 부서져 내린다

너와 나

너의 힘없는 모습
알아채지 못하자
투정 부리는 너

마음 보듬어 걱정해 주자
아프다며 더욱
어리광 피우는 너

너에게로 달려 가는 마음
나에게로 달려 오는 마음

햇살에 피어나는
잊을 수 없는 너

어리석은 사랑

당신을 향한 마음 지나쳐
우리 만남 헛될까 두렵지만
내 마음 줄이지 못합니다
사랑은 어리석은 자만이 하는 것
내가 바보 같다고 매일 생각합니다
조금만 아주 조금만
덜 사랑할 수 있어서
세상 사람 누구나 그렇듯이
다정다감하고 편안하게
만날 수 있다면 얼마나 좋을까요

독(毒)

무엇이 내리쳤을까
꽃병에 금 가기 시작하였다
하루하루 길어진 상처
꽃병을 한 바퀴 돌더니
물방울 송글송글 뱉어내었다

누구를 위한다며 내 방식대로 사랑하지 말라

꽃병을 쓰다듬던 다정한 손
상처를 덧나게 할 뿐이니

그대에게 가고 싶다

가을 지나기 전
이별을 예감하면서
그대 만나고 오는 길
발끝이 무거웠다
허둥대며 연락 서두른
억척스러운 사랑

우리는
만나도 허전했고
대화 끝에도
그리웠다

결국 찾아온
이제는
침묵의 시간

그대에게 가고 싶지만
사랑의 뒷모습을
차마 볼 수가 없다

어머니는 첫사랑이다

꼬물거리며 어머니 손가락 하나 쥐는
아기의 눈이 기쁨으로 빛난다
어머니 홀로 일어서면
방황하는 눈빛
입에 가득 찬 울음

어머니는 모든 아가들의 첫사랑
자기 발가락 쪽쪽 빨아먹는
깨끗한 맘으로 순정을 바친다

말 없어도 천상의 하모니 연주하며
눈 마주침으로 깊어지는
아아, 어머니 사랑은
능히 이 아기의 미래도 구원하리라

베스트셀러

체육학과 나온 원태연
그의 시는 낙천적이다
행간을 뛰노는 동심이
밝은 웃음 머금게 한다

크레파스 낙서 같은 화법에
어떤 이는 당황했을 법해도
그의 시는 베스트셀러
사랑과 이별에 눈물짓던 남녀
시의 위로에
흐렸던 가슴 말갛게 개인다

멀어지는 너

이제 과거 속으로
한 걸음 씩 멀어지는
너를 잡을 수가 없다

언젠가부터
나를 향해 싱긋이 눈짓하던
너의 등이 보이기 시작했다

마주 보는 우리가
이승과 저승처럼
다른 언어를 구사한다

한 뼘만큼
또 멀어지는 너

너를 잡을 수가 없다

사랑일까

온종일 생각나는
그 님
사랑일까

사랑 없음
나 사랑 없음
손가락만 했던
이구아나
팔뚝만큼 커지자
십 미터 벼랑 끝에
버려두고 돌아온
나 사랑 있다
말 못하리

내 안에
온종일 떠다니는
그 님 사랑
아닐지도 몰라

태영이

잠자리에 누울 때 뭔가 허전했다
새벽에 다시 깨어났다
무언가 잃어 버렸기에

낮 동안 제자들과 토당공원에서 놀고
사진을 우리 반 홈페이지에 올리고
흐뭇하게 잠든 새벽 화들짝
깨어 일어났다
태영이였다!
눈병 걸린 태영이는
닷새 결석했어도 하굣길에 찾아와
토당공원에 몇 시까지 가느냐고
캐어 묻고 돌아갔다

마흔다섯 명의 웃음 뒤켠에서
눈물 글썽였을 어린 제자
착한 목자는 아흔아홉 마리 양을 두고
한 마리 잃은 양 찾아 길 나서건만
태영인 어제 아침부터 오늘 새벽까지
깜깜한 내 기억의 골짜기를
홀로 헤매고 다녔다

차라리

폭풍 지나간 자리
소나기에 젖은
추억이 뒹굴고 있다

한없이 냉정해져서
일 센티씩
곱씹는 순간은
인생의 덧없는 시간

보듬고 아껴주던
다정함도
뜬금없이 분노하던
뜨거움도
얼굴 붉어지는
추억일 뿐이니

차라리
사랑한다 하지 말 것을

남산

구만리 먼 길처럼
두 마음 하나 되지 못해
미루고 미뤄온 약속
무심히 차량 박스에
방치되어온 자물쇠 한 쌍
희미한 기억 안고 찾아간
남산에는 형형색색
찬란한 자물쇠 트리

자물쇠 하나에
추억 하나
자물쇠 하나에
사랑 하나
그 틈바구니 녹슬어
아파하는 자물쇠에는
빛바랜 사연도 하나

말없이 자물쇠 걸고
멋쩍게 서 있던 남녀
영원히 자물쇠 풀지 말자고
열쇠를 힘차게
남산 아래로 던진다
두 마음 영원히
하나 되길 소망하며

감기

창밖 덩쿨 장미들
껴안고 뒹군 자리마다
선홍색 불꽃 피어올랐다
담장을 훔쳐보다
나도 그만
온몸이 뜨거워졌다

몸살기 있다는 쪽지
아이편에 보냈더니
보건실 답장은
더운 물 속 쌍화탕
컵에서 선홍빛 정이
피어 올랐다

제4부
터(垈地)

길이 보이지 않아도
비행기 창공에서 제 길 가듯이
우리도 오래 헤매이지 않고
가야할 길 찾아낼 수 있다면!

물 흐르듯 사세요

먼 길에서 돌아오는 길
식사 시간 훨씬 넘어
끼니나 때우자고 들어간
소박한 냉면집에서
면이 끓길 기다리며
이 얘기 저 얘기 나누다가
아무에게도 말 못한
비밀한 사연 나누게 된 아주머니

물 흐르는 대로 사세요
뭘 하겠다고 억지 부리지 말고
그냥 물 흐르듯이 사세요
여자 나이 사십이면 철든다더니
사십 초반 그녀의 개똥철학이겠거니!

어제는 친정집에 갔더니
고희(古稀)의 친정 엄마 왈(曰)
그냥 물 흐르는 대로 살어
발을 동동 구르고 벼라별 수를 다 써도
결국은 운명대로 되더라

법(法)은 수(水)와 거(去)의 결합
물은 위에서 아래로 흘러가고
이루어질 것은 끝내 이뤄지고
만나야 할 사람은 만나지는 순리

종강 파티

구정물 쏟아질 듯 흐려진 하늘 우러르며
만학도(晚學徒) 우리는 대학 입구 호프집에
삼삼오오 들어가 문학을 이야기했습니다.
모두 명랑했지만
문학의 성취 자신하는 사람은 없었습니다.
감사의 염(念)은 있어도 무어라 표현할지 몰랐던 나는
시집(詩集)이라도 낸다면 후기를 써주십사고 공손히 말하자
초로(初老)의 스승 소년처럼 웃습니다.
독일 농가에서 발가벗은 온몸으로 포도알 터뜨리듯
스승의 문학인생(文學人生)은
술통에서 포도즙 얻기 위한 치열한 싸움.
그 몸부림의 진액 우리 잔에 부어졌습니다.
세월에 곱씹어질 인생의 밥알을
저마다의 그릇에 담아준 지성의 넋.
파장한 빈터에서 내려오다 가만히 머리 숙입니다.
뒷모습 보이며 돌아가는 문우(文友)들이여,
때때로 내 이름자 불러주고
자작시(自作詩) 진지하게 들어주었던 벗들이여,
그릇마다 맛있고 푸짐한 시(詩) 가득 채워
정겨운 이름자로 문단(文壇)에서 다시 만나자꾸나.

시가 무엇이길래

손톱이 닳도록 시를 후벼 팠지만
시심에는 닿지 못했노라는
시인의 고백을 듣고
명치끝이 싸아 저려왔다

시가 무엇이길래 시인들은
깊은 밤에도 강물처럼 출렁이며 잠들지 못하고
향유할 것 널브러진 이 유쾌한 세상에서
언제까지나 침묵하며 심연을 들여다보는가

시가 무엇이길래

행복

주차장이 협소한 노후 아파트
저녁 일곱 시만 넘어도
운전대 잡고 단지를 헤매인다

밤늦게 퇴근한 날
구획선 하나 비어 있으면
미소가 터지며 감사가 절로 난다

거친 세상 작은 조각배로
풍랑을 이기느라
빛바래고 흠집난 자존심

오늘 밤 이 아파트 주차장에서
왕처럼 우아하게
행복을 나눠주고 싶다

인생은 시가 되어

일생을 수직으로 살아온
나무와
폭포수와
칸트와
링컨과
예수와
나의 아버지,
그들의 고지식함을 사랑한다

들꽃이 인적없는 산야를
아름답게 빛내다가 사라지듯
내 시도 쓸쓸한 독백일 것이나
살아있는 날 동안
내 인생도 시와 더불어
당당하게 내려꽂히기를
나는 소망하노라

잠들지 않은 별

초저녁 마루에서 쪽잠 자다가
서늘한 밤 공기에 화들짝 깨어났다

달빛도 없는 어둠 속에서
도시의 별 하나 잠들지 않고
내 얼굴 비추고 있었다

총명한 영혼들이
저마다의 지붕 아래서
별처럼 새벽을 공유하고 있었다

숨

여덟 층 짚 계단에
한 줌씩 자라다
과잉된 물 먹고
썩어 잘리운 행운목
이파리들 아직 뒹구는데

햇빛에 오도카니
며칠을 마르다가
카랑카랑한 혓바닥들
검게 부풀은 잇몸 뚫고
그예 나왔네

끊어진 줄 알았던
숨,
붙어 있었네

민달팽이

집 떠나면
서러운 타향살이
제집은 어디 두고
숨길 곳 없는 맨몸
애처로워
등 껍데기 넉넉하면
깃들어 쉴 수도 있으련만

초등학교 과학 시간
납작한 접시에서
자는 체 죽은 체 눈치만 살피는
저 알몸 숨길
달팽이집 주고 싶다

마지막 잎새

낙엽은 아직도
단풍의 심장을
머금고 있다

저기 청춘인 양
귓불까지
상기된 잎새

노목(老木)이 부르는
쓸쓸한 자장가를
가만히 귀 기울여
듣고 있다

대합실에서

어디론가 떠나려 하고 있다
영화 속 장면처럼 포옹하는
연인은 보이지 않는다
생의 한 교차점에서 만나
조금 무뚝뚝한 표정으로
탑승의 시간을 공유하는 사람들
살아온 인생은 다르겠지만
허공에 시선 부딪히며
같은 모양새로 앉아있다
길이 보이지 않아도
비행기 창공에서 제 길 가듯이
우리도 오래 헤매이지 않고
가야 할 길 찾아낼 수 있다면!
길은 무한히 뻗어 있어
여러 갈래 길에서 어디로 향할지
걷다가 다음 교차점에서
누구를 만날지
도무지 알 수가 없다

이윽고 탑승구의 문 열리면
갇힌 공간 엮었던 끈
일순 끊어지고
저마다 총총히 사라진다
헤어질 때 고개를 주억거리는
사람은 보이지 않는다

양은냄비

찬장에는 각양각색 냄비들 놓였지만
라면에는 양은냄비가 제격이다
한소끔 끓여 불에서 내리면
김치 하나만 있어도 진수성찬 못지않다

어디서나 손쉽게 다루고
찌그러질수록 멋스러운 양은냄비!
아침 방송은 양은냄비를
빈혈과 골다공증의 병인(病因)으로
구설에 올렸다

많은 식당들 코팅 벗겨진 프라이팬에
씻지 않은 재료 볶고
광택제 넣은 쌀로 밥 짓는다니
세상에 널린 공포에 비하면
알루미늄 따위가 대수랴

나는야 추억의 양은냄비에
근심 없이 라면 끓여 먹고
하늘이 허락하신 수(壽)만큼 살다 가련다

학교 2012

학교가 몸살을 앓는다

학생인권조례라는 아름다운 권리의 정체
사랑의 매 몇 대면 바로잡을 아이
경찰이 끌고 가 조서에 날인하고
세 번 쓰면 소년 범죄자 인생의 아웃사이더
학생과 부모가 선생의 그림자 잘근잘근 밟아
선생의 머리는 하얗게 세었다

희한도 하여라
회초리 숨길 때 심장들도 숨겼는지
학교는 회사처럼 사무적이다
무법천지 세상에 아이가 천방지축 날뛰어도
교사의 심장은 뛰지 않는다

학교는 더 이상 몸살을 앓지 않는다

은평천사원

골목 끝에 오도마니 주저앉은 은평천사원
크게 입 벌리고 창문에 매달린 아이들
저 입속의 해맑은 언어 들려온다
찬찬히 보면 검게 썩었던 시간의 편린들
주저하며 눈빛에 머물러 있다

봄물든 목련의 새순 응달에 쌓인 눈 뚫고 나와
아직은 추운지 솜털 파르르 떨고 있다
철늦은 눈발들 하얗게 깔린다

보이지 않는 누군가의 손길이
상심한 어린 천사들의 등을 따사로이 감싸준다
무등 태우고 하늘까지 들어 올린다

조심스레 깜빡등 켜고 진입한 봉고차 한 대
밝은 표정의 청년 무리 총총히 뛰어내린다
쏟아져 나온 아이들 함성 뒤로
무지갯빛 꿈들이 펼쳐진다

터

손바닥으로 해(日) 가리는
백치의 수다
들통 나버린 근본(根本)!

무사의 용맹보다
현명한 건축가가 나으니
바닥에 꿇어앉아
오래 침묵하며 터 닦으리

모래 위 쌓았던 누각(樓閣)
내 손으로 허물고

정수기

새벽 창가 무심코 바라보니
정수기 얌전하게 나를 본다
말없이 빨간불 초록불 켜고

들어보면 새근새근 숨소리 난다
종일토록 목마르다 짜다
우리 가족 뽑아내어 비워진 칸에

너는 정수와 냉각수 숨 가쁘게 채워 놓고
이제 막 휴식을 시작하였구나
말없이 빨간불 초록불 켜고

이 깊은 시각
자족(自足)하며 홀로 앉아 있었구나

소녀와 책상

열 살쯤 되었을까
꽃분홍 드레스 입은 소녀
좁은 탁자에 누워 발바닥으로
커다란 책상을 돌린다

소녀는 책상에 앉아
공부하지 않고
이국(異國)땅에 홀로 누워
발바닥으로 부모를 먹여 살린다
소녀의 가족에게 책상은
책상이 아니라 밥상이다

꽃분홍 드레스 입은
어여쁜 몽골 소녀
차가운 탁자에 홀로 누워
발바닥으로 책상을 돌린다

커다란 밥상이 빙글빙글 돌아간다

입양

어느 날 초등학생 딸이
동식물이라고는 한 해를 넘기지 못하는
양육자인 내 손에
털 난 짐승 중에서도 제일 싫은 쥐
를 닮은 햄스터를 퀴즈 경품이라며 건네주었다.
일 년이 되어도 정들지 않아
햄스터 우리 들고 나가
동네에서 노는 소년에게 인심 쓰려는 찰나
쫓아 나온 딸이 울먹였고
햇빛을 받았을까, 녀석의 눈에 이슬 반짝였다.
이별의 유혹은 덧없이 짧아
햄스터를 도로 맞이한 나는
작은 체구에 어울리지 않는 커다란 어항 사주며
백 평짜리 아파트 사준 엄마처럼 미소 짓는다.

철도청 작업반장의 일당(日當)

한강철교 밑을 지나가다
초록색 페인트가 튀어서
여기저기서 난리다

차량이 얼룩말 무늬를 입었다
인형이 주렁주렁 달린 채
연초록 얼룩무늬 진 차를 보고
놀이방 차 같다고
터프하게 나온 신형 누비라냐고도 했다

철도청 허름한 작업반장의
일당(日當)에서 보상비를 제하고 있다

카센터에서 시너로 닦아낸
빛바래진 내 차의 상처에 부아가 치밀어도
어쩔 도리가 없다
푼돈 일당(日當)의 작업반장이
점심도 걸러가며 데려간 카센터에서는
더 이상의 보상 요구할 수가 없다

허름한 작업반장의
한 끼 식사와 푼돈 일당(日當)의 출혈이
나의 양심을 예리한 칼날로 찔러대었기에

무상(無常)

아이가 누워서 발가락을 빤다
아이는 자기 똥도 손가락도 맛나다
세상은 엄마가 끓여준
보리차처럼 깨끗하다

싯달다의 아버지는
궁궐 담장을 날마다 높여 갔다
싯달다가 생로병사의 슬픔 알았을 때
담장은 무너지고
영원은 세상 어디고 없었다

아이는 더 이상 발가락을 빨지 않는다
숨어서 똥을 싸고
부모가 흙으로 돌아가자
아무도 믿지 않는다

배꼽

허공에 매단 애드벌룬처럼
보름달 고층 빌딩숲에 떠올랐다
환하고 푸른 밤
생의 허기에 밀려
젊은이들 거리로 쏟아져 나왔다

본드 풍선 허공에 떠 있다
어린이가 비눗방울을 분다
아무리 애써도 본드 풍선은
비눗방울처럼 동그랄 수가 없다

본드 풍선 배꼽이 있어
강낭콩처럼 허리 휘었다
무릇 배꼽 가진 자들은
타인에게서 자유로울 수가 없다
끊임없이 달아나지만
타인의 틈바구니에 갇히며
결국은 배꼽을 준 세상으로 회귀한다

고층 빌딩숲 노오란 보름달이
애드벌룬처럼 동그란 밤이다

소시민의 하루

주위 환경에
어쩔 수 없이
고개 숙인다
당돌한 객기조차
부릴 줄 모르는
빠듯함 속에
나의 꿈은
주눅 들어가고

어쩌다 마주친
눈웃음에 즐거워지고
어쩌다 마주친
무표정의 의미를
온종일 되새김질하는
소심함으로 데굴데굴
시간을 경영한다

하루의 해가 또르르
굴러떨어졌다

오늘

나를 일깨운 여섯 시 알람 소리
오 분만 더 오 분만 더
화들짝 깨어나니 일곱 시

밥 먹을까 그냥 출근할까
한술 떠 요기하니
벌써 여덟 시 십오 분

교차로 노랑 신호 멈출까 달릴까
급제동하여 양심 채우고
수업하다 싸운 녀석 호통칠까 꿀밤 줄까
벌점 스티커 하나 주고 만다

안면 있는 저 사람
아는 체할까 스쳐 갈까
망설이다 눈인사하고
퇴근길 사 먹을까 해먹을까
목소리 큰 녀석 의지대로
팝콘 사서 영화 보고 만다

아침부터 저녁까지
갈팡질팡 한 몸 안 두 마음

포토샵

에버랜드 입구에 포토샵 있어
올 애들 넣어 컴퓨터 사진 찍어주고
나도 영화 포스터에
합성 사진 꾸몄다
레오나르도 디카프리오 팔짱 끼고
활짝 웃는 타이타닉의
로즈가 되어

그러고 보니 닮았다
무대포로 뛰어들어
달걀로 바위 쳤던
낭만주의자!
끈덕지게 호각 불어
삶 쪽으로 승선했던
현실주의자!

포토샵에서 느낀
작은 운명주의

눈에 보이지 않아도

눈에 보이지 않아도
하나님 내 곁에 계심 압니다
그 손으로 내 머리 쓰다듬고
어깨 감싸 안으심 압니다

눈에 보이지 않아도
딸들의 그리움 압니다
엄마가 부엌에 있어도
울음 터뜨리는 여린 마음
아직도 세상 모든 위험에서 구원할
커다랗고 강한 존재가 엄마라고
믿고 있음을 압니다

내가 사랑한 이가
언제까지 나를 기억할지
오늘 웃어준 이가
내일도 미소 보낼지
내일 일은 잘 모르지만

눈에 보이지 않아도
내가 아는 두 가지
하나님은 사랑이심과
딸들 가슴에 수놓인
그리운 이름자

둥지에 머무는 햇살

안선희 시집

초판 1쇄 : 2013년 7월 5일

지 은 이 : 안선희

펴 낸 이 : 김락호

디자인 편집 : 한지나

표지 디자인 : 안혜진

기 획 : 시사랑 음악사랑

인 쇄 : 청룡

연 락 처 : 1899-1341

홈페이지 주소 : www.poemmusic.net

E- Mail : poemarts@hanmail.net

정가 : 10,000원

ISBN : 978-89-91664-62-3